Vente du Samedi 11 Décembre 1897

A DEUX HEURES PRÉCISES

HOTEL DROUOT — SALLE N° 10

OBJETS D'ART

DE

L'EXTRÊME-ORIENT

PROVENANT EN GRANDE PARTIE DE LA

Collection de M. de GEOFROY

EXPOSITION PUBLIQUE

Le Vendredi 10 Décembre 1897

DE 1 HEURE 1/2 A 5 HEURES 1/2

M. G. DUCHESNE
Commissaire-Priseur
6, rue de Hanovre

M. S. BING
Expert
Rue de Provence, 22

PARIS — 1897

IMPRIMERIE MAULDE ET RENOU

MAULDE, DOUMENC & Cie

IMPRIMEURS DE LA COMPAGNIE DES COMMISSAIRES-PRISEURS

Rue de Rivoli, 144. — Paris

CATALOGUE
D'OBJETS D'ART
DE
L'EXTRÊME-ORIENT

ÉMAUX CLOISONNÉS DE LA CHINE

Porcelaines anciennes de la Chine et du Japon

(Monochromes, Craquelés, Décors de fleurs en Émaux polychromes)

BRONZES DE LA CHINE ET DU JAPON

BOIS INCRUSTÉS de MATIÈRES PRÉCIEUSES

Grands Paravents en bois incrusté et en Broderie

LAQUES ANCIENS DU JAPON

Flacons à tabac en matières dures

PROVENANT EN GRANDE PARTIE DE LA

Collection de M. de GEOFROY

VENTE

HOTEL DROUOT — SALLE N° 10

Le Samedi 11 Décembre 1897, à 2 heures précises

La vacation étant très chargée

M. G. DUCHESNE COMMISSAIRE-PRISEUR 6, rue de Hanovre	M. S. BING EXPERT Rue de Provence, 22

CHEZ LESQUELS SE TROUVE LE CATALOGUE

EXPOSITION PUBLIQUE

Le Vendredi 10 Décembre 1897, de 1 h. 1/2 à 5 h. 1/2

PARIS — 1897

CONDITIONS DE LA VENTE

Elle sera faite au comptant.

Les Acquéreurs paier t **cinq centimes par franc** en sus des adjudications.

Aucune réclamation ne sera admise une fois l'adjudication prononcée.

MAULDE, DOUMENC et Cie, imprimeurs de la Compagnie des Commissaires-Priseurs,
rue de Rivoli, 144 400—70692

DÉSIGNATION

PORCELAINES DE LA CHINE

1. Cornet à bord évasé et à renflement médian. Le décor, en bleu sous couverte et émaux polychromes, présente des personnages à la partie supérieure du vase. Une bordure de pivoines épanouies contourne le renflement central, et la base s'enrichit d'une grosse branche de grenades. Époque des Ming (1368 à 1645). Haut. 0m40.

2. Petite Potiche turbinée à col étranglé, décorée en bleu sous couverte et en émaux polychromes, d'arbustes, de grandes pivoines et de chrysanthèmes. Au pied, un rocher sur lequel un faisan est perché. Époque des Ming. Haut. 0m21.

3. Boite en forme de losange, simulant deux carrés engagés l'un dans l'autre et dont les angles s'arrondissent en saillies cylindriques. Elle est décorée en bleu sous couverte de bordures ornementales et de nuages stylisés. Socle en bois de fer. Époque des Ming. Au revers, la marque de Wan-li (1573 à 1620). Long. 0m11.

4. Bouteille en forme de gourde, avec renflement, couverte bleu turquoise, très finement truité. Époque de Young-Tching (1723 à 1736). Haut. 0m24.

5. Petit Vase de forme ovoïde à col étranglé, revêtu d'un riche émail vert à larges craquelures noires. Haut. 0m17.

6. Plaque rectangulaire en porcelaine, à couverte turquoise truitée. Elle est enchâssée dans un encadrement de bois, enrichi lui-même d'appliques cloisonnées de formes ornementales. Époque de Young-Tching. Haut. $0^{m}31$ 1/2. Larg. $0^{m}31$.

7. Vase à panse ovoïde et à gorge étranglée. Le col, évasé par le haut et garni de deux anses en têtes d'éléphants teintées de noir, se termine à sa partie inférieure par une collerette dentelée formant saillie. Le décor du vase se compose de zones alternées de fond céladon et de décors en bleu sous couverte, où des médaillons à personnages se détachent dans un fond de plantes et d'oiseaux. Époque de Young-Tching. Haut. $0^{m}41$.

8. Vase à panse sphérique surmontée d'un col évasé. Le décor polychrome, où les émaux de ton rose dominent, se compose, sur la panse, de médaillons de pavots ou de pivoines mélangées à d'autres fleurs au milieu d'un entrelac de marguerites blanches à cœur rose, sur lequel volent de grands papillons. Le col est décoré de vases fleuris et d'ustensiles divers, surmontés d'une bordure en lambrequin à fond jaune. Au bord, une frise bleu pâle cailloutée, à fleurs de pêcher noires. Époque Kien-Long (1736 à 1795). Haut. $0^{m}37$.

9. Bouteille à panse ovoïde et à col allongé, ornée en émaux polychromes sur fond blanc, d'un entrelac touffu formé par un plan de gourde, garnie de ses feuilles et de ses fruits. Des papillons volant au milieu des branchages complètent ce riche décor. Tout l'intérieur est couvert d'un fond vert d'eau. Époque de Kien-Long. Marque au revers. Haut. $0^{m}23$.

10. Petit Cornet à bord évasé et renflement médian. Il est couvert extérieurement, ainsi qu'à l'intérieur et au revers d'un riche fond d'or mat polychromé; l'exté-

rieur est pourvu d'un décor de rinceaux, d'attributs et de bordures à palmettes ou à bâtons rompus. Pièce impériale de l'époque de Kien-Long. Haut. $0^{m}23$ 1/2.

11. Écran en porcelaine de forme rectangulaire et décorée en émaux polychromes d'une vaste scène, où, dans les jardins d'un palais princier, une foule d'enfants se livrent à des jeux variés, processionnant sous les arbres, naviguant sur la rivière au milieu des lotus, traversant des ponts rustiques et se divertissant sous les péristyles des kiosques. Cette plaque est enchâssée dans une monture en bois reposant sur deux pieds latéraux reliés par une traverse en bois sculpté. Époque de Kien-Long. Haut. totale $0^{m}72$.

12. Petit Plateau oblong à bords relevés et décoré de branches de pivoines et d'autres fleurs. Ce décor s'encadre d'une bordure ornementale sur fond rose. Époque de Kien-Long. Long. $0^{m}20$ 1/2. ; Larg. $0^{m}13$ 1/2.

13. Boîte quadrangulaire, supportée par quatre pieds teintés brun. Le pourtour est décoré d'une alternance de fonds rose et vert, ornés de rosaces or et bleu. Le dessus du couvercle offre un motif de vases fleuris et d'attributs qui s'encadre d'un fond vert où court un décor de bâtons rompus et sur lequel se détachent quatre rosaces en noir et or. Époque de Kien-Long. Haut. $0^{m}08$ 1/2 ; Larg. 0^{m} 11 1/2.

14. Deux petits Pots sphériques décorés d'une riche ornementation polychrome et or formé de rinceaux, sur fond vert d'eau. Époque de Kien-Long. Haut. $0^{m}05$.

15. Petite Bouteille à col allongé ; couverte fauve truité. Haut. $0^{m}10$ 1/2.

16. Plat à fond bleu sous couverte, décoré en émaux jaunes et verts, d'un motif de dragons au milieu des nuages. Époque de Kien-Long. Marque au revers. Diam. $0^{m}25$.

17. Quatre Plats à fond bleu sous couverte, au milieu duquel se détache en réserves blanches un décor de dragons dans les nuages. Époque de Kien-Long. Marque au revers. Diam. 0m25.

18. Bol campanulé portant quatre médaillons de pivoines et chrysanthèmes, réservés dans un fond jaune impérial, qui s'enrichit de branches de pêchers chargées de fruits. A l'intérieur, un décor bleu sous couverte, formant un médaillon surmonté de quatre branches fleuries. Époque de Tao-Kouang. (1821-1851). Haut 0m065.

19. Quatre Coupes en porcelaine de la Chine, décors variés.

20. Paire de petites Chimères en grès de la Chine, à couverte vert, jaune et brun. Les animaux sont accroupis sur des socles de forme carrée, recouverts d'un simulacre de draperie. Haut. 0m22.

21. Bouteille à long col et panse surbaissée, à couverte blanche sillonnée de craquelures à larges réseaux. Cette bouteille est montée en lampe modérateur.

PORCELAINES DU JAPON

22. Grand Plat rond en porcelaine d'Arita, décor rouge et or, parsemé de médaillons de fleurs et d'ornements en bleu sous couverte, coupés par une bordure de fleurs en émaux polychromes sur blanc. Diamètre : 0m45.

23. Grand Plat octogonal en porcelaine d'Arita, polychromé, par compartiments, de motifs variés, où les fleurs et les animaux se mêlent à des ornements. Au centre un médaillon est formé d'un vol de grues entourant une tortue symbolique. Diamètre : 0m52.

24. Grand Plat, en porcelaine d'Arita, dont l'intérieur est laqué d'un grand motif de cigognes en or et couleur sur fond noir. Diamètre : $0^{m}46$.

25. Petit Compotier lobé, en porcelaine d'Arita, décoré de trois médaillons d'arbustes, réservés dans un fond bleu sous couverte Long. $0^{m}20$; Larg. $0^{m}18$.

26. Sept Assiettes en porcelaine de Nabéchima à bords festonnés, et décorées en bleu sous couverte, avec détails rouges et verts, d'arbres en fleurs émergeant des haies. Diamètre : $0^{m}20$.

27. Vingt Assiettes en porcelaine d'Arita, à médaillons de fleurs réservées dans un fond vert d'eau, et encadrés d'ornements en bleu sous couverte. Diamètre : $0^{m}18$.

28. Dix Coupes en porcelaine d'Arita, à bords lobés. Elles sont décorées en émaux polychromes, de fleurs et d'ornements, Diamètre : $0^{m}15$.

29. Bol hémisphérique en poterie de Satsuma finement truitée et ornée d'un riche décor en émaux polychromes, qui représente au pourtour des ramifications de pivoines et de chrysanthèmes, tandis que l'intérieur offre un motif central d'éventails et de fleurs surmonté d'une bordure de mosaïque. Diamètre : $0^{m}12$.

30. Coupe en grès de Sôma, revêtu d'un émail blanchâtre à gouttelettes. Elle se compose d'un plateau en forme de feuille, accolé à deux petits vases, simulant la fleur et la tige. Long. $0^{m}26$; Larg. $0^{m}20$.

FLACONS A TABAC

31. Flacon à tabac en forme de gourde. Il est décoré en reliefs sur fond jaune d'une plante de gourde chargée de nom-

breux fruits. Epoque de Kien-Long (1736-1795). Long. 0^m10.

32. Flacon à tabac en porcelaine blanche réticulée, dont le travail en relief représente, au milieu des nuages, un dragon et un oiseau de Hô. Le bouchon est formé d'une boule de lapis.

33. Flacon à tabac cylindrique, en porcelaine, bleu et blanc, dont les sujets représentent divers jeux d'enfants ; au revers la marque, également en bleu sous-couverte, est faite d'un dragon à cinq griffes. Socle en bois.

34. Flacon à tabac en émail, peint de sujets européens en style Louis XV. Une dame amuse un enfant d'une colombe blanche posée sur sa main, au revers se voit un jeune garçon apportant des fruits à une jeune dame en toilette élégante. Marque de Young-Tching (1723-1736).

35. Flacon de tabac de forme allongée, en lapis-lazuli.

36. Flacon à tabac de forme sphéroïdale, en cornaline laiteuse jaspée brun.

37. Flacon de tabac en cristal de roche, sculpté sur ses faces latérales de deux têtes de chimères.

38. Petit Flacon à tabac en cristal de roche fumé, taillé à six pans.

39. Flacon à tabac en cristal de roche, taillé à pans coupés et peint à l'intérieur d'un fin paysage, en avant duquel un gros arbre se détache vigoureusement.

40. Flacon à tabac en cristal de roche, gravé en relief de tiges de fleurs. Tout l'intérieur du flacon est finement décoré au pinceau d'un semis de fleurettes et d'insectes au milieu desquels est tracée une sentence.

41. Flacon à tabac en cornaline brune avec une saillie verte, qui, taillée en camée, représente un oiseau de proie aux ailes éployées.

42. Flacon à tabac en jade verdâtre, jaspé de parties vert émeraude.

CLOISONNÉS

43. Importante garniture, composée de : 1° Un Reliquaire en forme de pagode ronde, émergeant d'une base à terrasse que supporte un piédouche. Le corps principal de la pièce, en bois revêtu de bronze doré et émaillé, est ajouré de trois panneaux en glace, au travers desquels se voit une statuette de Bouddha en cristal de roche, qui trône à l'intérieur. Socle en bois sculpté. Haut. : 0m 60; 2° Deux grands Brûle-Parfums carrés, montés sur quatre pieds formés de têtes d'éléphants en bronze doré. Les couvercles richement ajourés, se composent de panneaux rectangulaires, se rétrécissant vers le haut en courbes gracieuses pour se terminer par un élégant bouton, également ajouré. Socles en bois sculpté. Haut. 0m 35 ; larg. 0m 31.

44. Grand Vase balustre, flanqué de deux mascarons chimériques en bronze doré avec anneaux mobiles, formant anses. Fond turquoise richement polychromé. Autour de la panse, se déroule une large bordure de chrysanthèmes stylisés, qui s'encadrent de plusieurs frises du même motif en dimensions moindres. Une bordure de palmettes descend des bords supérieurs du vase. Époque des Mings. Haut. 0m 43.

45. Cornet de forme surbaissée à renflement médian et col évasé. Le décor, d'un puissant effet de coloris, est formé à l'extérieur de trois zones superposées de rinceaux et de pivoines stylisées sur fond bleu turquoise. Ce même décor se répète au bord intérieur. Haut. 0m 14 1/2.

46. Bitoung cylindro-conique à fleurs polychromes sur fond turquoise. Ce vase est garni d'une monture de cuivre qui forme rebord à sa partie supérieure et enchâsse la base dans un feston de même métal. Époque des Ming. Haut. 0^{m} 12 1/2.

47. Boîte de forme lenticulaire. Le dessus, aplati au centre, forme un médaillon à fond bleu lapis avec un motif de fleurs polychromes qui s'entoure, sur fond turquoise, d'une couronne de vigne dont le décor se répète également à l'envers de la boîte. Époque des Ming. Diamètre : 0^{m} 17..

48. Petite Bouteille de forme balustre. Sur un fond bleu lapis se détachent de grandes branches de fleurs blanches, jaunes ou violettes, garnies de feuilles vertes. Le pied du vase est contourné d'une zone de palmettes turquoises, et l'épaulement, ainsi que le col, de forme cylindrique, offrent une double bordure de fleurettes blanches ou jaunes. Époque des Ming. Haut. 0^{m} 17 1/2.

49. Boîte lenticulaire à fond turquoise, décorée sur le dessus d'un médaillon de fleurs, et contournée d'une double frise ornementale. Époque de Kang-Hi. Diamètre 0^{m} 10.

50. Petite Boîte plate et lobée, à fond bleu lapis, semé de fleurettes. Époque de Kang-Hi. Diamètre 0^{m} 05.

51. Une Bouteille à corps sphéroïdal et col cylindrique, décorée, sur fond bleu d'empois, d'un semis de fleurettes coupé par un motif de lotus et de vols de papillons. Époque de Kien-Long. Haut. 0^{m}35 1/2.

52. Grande Coupe circulaire de forme surbaissée, à fond turquoise et enrichie en émaux polychromes, au pourtour, d'un décor de dragons au milieu des nuages, et, à l'intérieur, d'un semis qui représente des poissons, des tortues et des crabes, s'agitant au milieu de l'ondulation des vagues. Époque de Kien-Long. Diam. 0^{m}37.

53. Petit Cornet à bord évasé et à renflement médian. Fond turquoise, décoré de palmettes et de fleurettes stylisées. Époque de Kien-Long. Haut. 0^m19.

54. Braséro de forme ovale lobé. Il est fermé par un couvercle ajouré et garni d'une double poignée en cuivre doré. Fond turquoise, décoré de fleurettes stylisées et de rinceaux. Époque de Kien-Long. Haut. 0^m13 1/2; L. 0^m19.

55. Petite Jardinière ovale quadrilobée, de forme basse. Cloisonné à fond turquoise, le pourtour et le dessous décorés d'une ornementation polychrome de rinceaux et de palmettes. Époque de Kien-Long. Haut. 0^m04; Long. 0^m15.

56. Couvert de table. Dans une gaîne de cloisonné turquoise, à décor semé de fleurettes polychromes et garnie d'une monture en cuivre doré orné de petites perles de corail sont glissés : un couteau à manche de jade verdâtre, deux baguettes à manger en ivoire et deux baguettes plus petites de même matière. Époque de Kien-Long.

57. Quatre pièces : Boucle de ceinture et trois plaques de formes diverses à fond turquoise décoré d'ornements, de fruits ou de chauve-souris stylisés. Époque de Kien-Long.

58. Cinq grands boutons ronds et plats, offrant un ornement étoilé sur fond turquoise. Epoque de Kien-Long.

LAQUES

59. Coffret rectangulaire en laque aventuriné, enrichi, en laque d'or à mosaïque, d'un décor simulant des étoffes flottantes, qui alternent avec un semis de coquillages. Les bords arrondis de la boîte forment un encadrement d'or semé d'un motif de chrysanthèmes. XVIIe siècle. Haut. 0^m11 ; Long. 0^m15 1/2.

60. Chaufferette en laque aventuriné, semé en laque d'or de feuilles de paulownia et d'un motif en rosace. Le bord supérieur est garni d'une double poignée d'argent et d'un couvercle d'argent, ajouré à la façon d'une vannerie. XVIIe siècle. Haut. 0m09; Long. 0m12.

61. Coffret en laque, en forme de losange dont le dessus, à fond d'or mat, est décoré par moitié d'un motif de rinceaux et d'armoiries. Au pourtour un décor ornemental sur fond d'aventurine et à l'intérieur un plateau aventuriné, orné, en laque d'or pavé, d'un faisan perché sur une roche émergeant des eaux. XVIIe siècle. Haut. 0m10 1/2; Long. 0m18 1/2.

62. Boîte circulaire à couvercle plat, portant, sur un médaillon aventuriné, deux chimères en laque d'or, jouant. Au pourtour une frise de rinceaux d'un dessin large et souple. XVIIe siecle. Diamètre 0m12.

63. Boîte de forme rectangulaire à couvercle plat, simulant une pile de livres, dont le dessus est décoré, sur fond noir, de deux oiseaux de Hô en or au milieu de nuagés or et argent. Un cartouche en laque d'or, garni d'inscriptions, simule un titre d'ouvrage. A l'intérieur, un petit plateau à fond noir, décoré d'un store enroulé. XVIIIe siècle. Long. 0m10 1/2.

64. Petite boîte en laque d'or simulant deux cubes engagés l'un dans l'autre. Le dessus offre, dans l'un des carrés le portrait d'une dame de la Cour, et dans l'autre partie, au milieu d'une riche mosaïque d'or, un dessin de damier. Au pourtour de la boîte court un ruisselet jonché de feuilles d'érable dans un fond qui imite le sable de la rive; à l'intérieur un plateau, décoré sur fond d'or d'un faisan posté sur une roche, avec un encadrement piqueté d'or sur noir. XVIIIe siècle.

65. Boîte circulaire, formée d'un nœud de bambou et finement laquée en or et en couleur d'un enroulement de vignes.

66. Étagère décorée en laque d'or sur noir, d'oiseaux de Hô volant sur un fond de losanges chargés de pivoines d'argent. Haut. 1^m05; Larg. 1^m.

67. Jeu de trois coupes à saké en bois naturel, décorées en laque d'or, de feuilles, de brindilles et de bois de cerf. XVIIIe siècle.

68. Jeu de trois coupes à saké, décorées, en or, de sujets à personnages ou d'animaux. XVIIIe siècle.

69. Deux Pièces: 1° Porte-cartes en laque d'or, décoré d'une cigogne et d'un hibou au milieu des fleurs; 2° Petite Boite carrée en laque noir et couleur de bois, décorée d'un dessin à damier et d'un semis de fleurs.

70. Trois Objets: Une série de cinq Boîtes rectangulaires en laque de couleurs, rentrant les unes dans les autres. — Coffret rectangulaire, décoré en laque d'or de différents tons d'un semis de fleurs de chrysanthèmes. — Bonbonnière circulaire et plate, couverte sur toutes ses faces extérieures d'un laque brun profondément creusé d'arabesques relevés de lignes rouges et jaunes.

71. Tabouret en laque rouge. Époque de Kien-Long. Haut. 0^m47; Long. 0^m55.

72. Manche de pinceau avec étui en laque rouge, sculpté d'un décor a personnages et d'inscriptions sur un fond à dessin géométrique.

73. Boîte en laque rouge sculptée, de forme circulaire et plate, et dont le décor représente de grands oiseaux volant au milieu de pivoines fleuries. Diamètre 0^m27.

74. Boite en laque rouge sculptée, portant un décor de pivoines épanouies, d'un très souple modelé. Diamètre $0^{m}19$.

75. Une Boîte longue rectangulaire, décorée de scènes à personnages. — Deux Étuis longs et ovales, également ornés de figures. Travail persan.

INRO

76. Inro à cinq cases, décoré, en laque d'or sur fond noir, d'arbres en fleurs sur des rochers d'où se précipite une cascade. Netzuké finement sculpté, représentant les attributs de la danse de Nô.

77. — à quatre cases. Sur fond noir pointillé d'or, des vols d'oies sauvages en nacre.

78. — à quatre cases, de forme carrée. Sur fond noir un décor de laque d'or, d'étain et de burgau représente trois bateliers au milieu des roseaux, faisant effort pour tirer une barque.

79. — à trois cases, richement incrustré en burgau d'un paysage où se voient des kiosques ombragés d'arbres au bord de l'eau. Coulant filigrané.

80. — à quatre cases de forme ovale cintrée. Dans un encadrement, incrusté de burgau, est creusé sur chaque face un médaillon, dont l'un renferme des iris en relief de burgau au milieu d'un caractère d'étain, et l'autre des insectes sur fond d'or.

81. — à cinq cases, offrant sur fond poudré l'enroulement d'un dragon en relief d'or. Netzuké bois, représentant un diablotin qui s'abrite le dos de son grand chapeau plat.

82. Inro à quatre cases. Sur fond noir s'érigent des chrysanthèmes d'or, de burgau et de corail, entourés d'un vol de papillons. Sur l'autre face une carpe d'écaille ciselée remonte une cascade tombant du haut d'un rocher. Netzuké, formant bouton, en os, ajouré d'un motif de chrysanthèmes. Coulant cloisonné.

83. — à cinq cases, finement poudré d'or et semé de gerbes, autour desquelles sont nouées des branches fleuries et des faucilles.

84. — à quatre cases. Sur fond noir, en laque d'or, un paysage, dans lequel un ruisseau, alimenté par une cascade, court entre des rochers abrités par un érable aux feuilles rouges. Netzuké en bouton d'ivoire incrusté. Coulant filigrané.

85. — à six cases, en laque d'or, avec réserve sur chaque face d'un médaillon aventuriné, décoré de gros palmiers poussant sur des roches. Netzuké en bois, représentant un blaireau qui chante. Coulant de corail.

86. — à quatre cases, en laque d'or mat. Décor en laque usé, représentant un dragon qui se tord au milieu de nuages noirs.

87. — à quatre cases, en laque d'or. Paysan conduisant un bœuf. L'autre face représente le sujet du Sage chinois puisant de l'eau à une cascade pour laver son oreille des impuretés entendues à la cour de son empereur. Netzuké formé d'un bouton de chibuitchi dont le décor, gravé au burin, représente un diable dans une baignoire. Coulant de métal vermiculé en relief.

88. — à cinq cases, en laque d'or. Oies sauvages attaquées dans les airs par un aigle.

89. Inro à cinq cases, en laque d'or, finement décoré de paysages lacustres, où des temples s'élèvent au milieu de rochers et de grands arbres. Netzuké à plaque d'ivoire incrusté. Coulant formé d'une boule en bois, où s'incruste un crabe de bronze.

90 — à quatre cases. Il est décoré en or, entremêlé de burgau et d'étain, de lapins entourés de roseaux.

91. — à quatre cases, semé sur un fond rouge grenu des attributs de la richesse. Netzuké en bois, représentant un cheval. Coulant d'ivoire décoré d'or.

92. — ovale à trois cases, incrusté sur chaque face d'un aigle en métal ciselé, l'un d'argent et l'autre de chakoudo.

93. — à quatre cases, où se voit sur fond d'argent un cavalier noble attaqué par un monstre. Coulant filigrané.

94. — sans compartiment, en laque blanc, décoré à plat de sujets chinois en couleurs; sur une face se voit une dame avec son enfant au point d'entrer dans sa demeure, et l'autre face présente une maison derrière des arbres touffus.

95. Deux inro à quatre cases, à fond noir. L'un, qui est de forme annelée, offre une branche de prunier d'or en relief, avec des fleurs d'étain, et l'autre est décoré en relief de grenades en rouge et or.

96. Deux — à quatre cases de style archaïque. L'un représente avec des rehauts rouges, deux guerriers à cheval traversant les ondes, et l'autre est décoré de phénix entourés de paulownias.

97. Deux — de style archaïque, en laque noir et rouge, et décorés, l'un de chrysanthèmes et l'autre du héros légendaire coupant un bras au diable qui cherchait à l'attaquer.

98. Deux inro à cinq cases, décorés en laque d'or, l'un d'un vaste paysage et l'autre d'un treillis garni de vignes. Ce dernier est garni d'un netzuké en pierre verte avec plaque cloisonnée et d'un petit coulant cloisonné.

99. Un inro en bronze, renfermé dans une gaine ajourée de vignes et d'un motif de vagues.

OBJETS EN IVOIRE

100. Appuie-mains taillé dans un bloc d'ivoire et très finement sculpté à l'intérieur de nombreux personnages, devisant sous les bambous. A l'extérieur un vieillard souriant est assis sur le tronc d'un vieux pin. Long. 0^m 26.

101. Plateau en ivoire, affectant la forme d'une section de courge, autour de laquelle s'enroulent les vrilles garnies de leur feuillage, de fleurs et de fruits de moindres dimensions; le tout évidé dans un seul bloc d'ivoire. A l'intérieur le vol de deux petits papillons en haut-relief, et sur le bord une chauve-souris ouvrant ses ailes. Long. 0^m 19.

102. Petite Boîte ovale, en ivoire gravé. Le dessus du couvercle est ajouré d'un travail d'une extrême finesse, à motifs de fruits avec encadrement de fleurs. Le pourtour s'enrichit d'un semis de fleurs en ivoire sculpté, rapportées sur un fond en bois.

103. Petite potiche d'ivoire, gravée d'un riche dessin ornemental, dont les fonds réservés en creux, sont teintés de noir, de même que le détail des lignes. Le vase se ferme par un couvercle surmonté d'un oiseau à longue queue. Haut. 0^m 16.

104. Petite boîte d'ivoire de forme circulaire dont une fine

sculpture ajourée présente trois Chinois au milieu de kiosques ombragés d'arbres. Diamètre $0^{m}04$.

105. Trois pièces : Petite boîte en forme de pêche, très finement ajourée et sculptée de branches de pêcher portant des fleurs et des fruits. Deux petits porte-flacons laborieusement ajourés et terminés chacun par un long gland de soie rouge.

106. Porte-cartes en ivoire, très finement incrusté d'un décor d'oiseaux et de fleurs en nacre, burgau, écaille et autres matières de brillantes couleurs.

107. Porte-sabres, bois naturel, incrusté, dans les parties ajourées de ses montants, de cinq gardes de sabres. Larg. $0^{m}35$; Haut. $0^{m}40$.

108. Trois pièces: Plaque d'ivoire, formant le revers d'un petit miroir portatif. Elle est très finement découpée d'un dessin géométrique au milieu duquel se détache en parties pleines le motif polychromé de deux jeunes dames sur un banc rustique. — Deux Presse-papiers représentant des éléphants. Travail de l'île de Ceylan.

BRONZES

109. Jardinière de forme hémisphérique sur piédouche et à bord évasé avec, pour anses latérales, deux grands anneaux mobiles passés en des mascarons de chimères. Tout le pourtour du vase est couvert d'un fond de bâtons-rompus très finement exécutés, sur lequel se déroule une large frise centrale, dont le motif principal consiste en huit médaillons circulaires portant, comme décor allégorique, les vagues, les nuages, les montagnes, les flammes, les tambours sacrés, les plantes, les rochers de la mer. Les intervalles sont enjolivés par un motif de

branchages fleuris, coupé d'un semis d'instruments de musique, d'ustensiles et d'animaux sacrés. Cette frise s'encadre d'une bordure supérieure, où des cigognes volent parmi les nuages et d'une bordure voisine de la base, qui offre une théorie de poissons dans les flots. Le revers est orné d'un grand cartouche de forme carrée, portant en doux relief un prunier fleuri, accompagné de cachets et d'inscriptions en caractères archaïques.

110. Vase de bronze antique en forme de cornet, à renflement médian, orné de niellures. Inscriptions à l'intérieur. Socle en bois laqué rouge. Haut. 0m90. Travail chinois.

111. Brûle-Parfums de forme campanulée à piédouche et dont le couvercle voûté est ajouré de deux puissants dragons se tordant au milieu des nuages. Bouton en forme de fruit de lotus. Le corps du vase est divisé en douze compartiments godronés autour desquels s'enroule une cordelière coupée par deux anses latérales en têtes d'oiseaux de Hô. Dans un partie réservée en creux, une inscription à caractères superposés donne la date : Siouen-té (1426-1436). Travail chinois.

112. Coupe basse et évasée sur un piédouche qui s'emmanche dans un trépied simulant des nuages. Le pourtour de la coupe offre trois médaillons de cigognes volant dans un encadrement de nuages. Une petite bordure de bâtons-rompus contourne le bord extérieur. Travail japonais.

113. Deux Presse-Papiers, l'un formé d'une cigale sur pomme de pin et l'autre représentant une petite tortue niellée argent. Travail japonais.

114. Petit Brûle-Parfums tripode, à reliefs de deux oiseaux de Hô, et dont le couvercle, en dôme ajouré, est surmonté d'une chimère assise. Deux anses latérales, mobiles, sont formées d'oiseaux chimériques. Au revers, la date chi-

noise de Siouen-té (1426-1436). Travail japonais. Hauteur 0m 14.

115. Deux pièces : Petite branche de lotus, portant à l'intersection de ses deux tiges une grenouille au repos; petit tube simulant une tige de bambou garnie de jeunes feuilles; au revers, la date chinoise Siouen-té (1426-1436).

116. Cinq petits Plateaux en cuivre émaillé, à dessins vermiculés sur fond blanc.

ARMES ET ACCESSOIRES

117. Paire de grand et petit sabres à fourreaux de laque noir et poignées de galuchat recouvert de tresses en soie jaune d'or. Garniture de chakoudo. Lames signées NAMINOHIRA YASHUYOSHI et NAMINOHIRA OUKIHISSA. Les gardes sont formées chacune d'une fleur de chrysanthème stylisée, découpée, par endroits, d'ajours en forme d'éventails. Les autres parties de la garniture s'enrichissent d'incrustations d'or ciselé, dans un style ornemental.

118. Paire de grand et petit sabres à fourreaux de laque noir et poignées de galuchat recouvert de tresses noires. Lames signées par FOUJIWARA NO SOUKÉSADA de OSAFOUNÉ NO JOU, province de Bizen et datées Ghenrokou 14me année (1701). Garniture de chakoudo enrichi, en reliefs d'or incrusté, de rinceaux et d'un motif de coqs et de poules. D'autres groupes de coqs et de poules, finement ciselés, servent de menouki, à demi-cachés sous les tresses des poignées.

119. Grand Sabre à fourreau de laque noir et poignée de galuchat recouvert de tresses noires. Garde en fer finement ajouré et enchâssé dans une bordure de chakoudo.

120. Garde de Sabre en fer ciselé des vagues de la mer, au

milieu desquelles se déroule un dragon, exécuté en chakoudo avec des détails d'or.

121. Garde de sabre en chakoudo, représentant des scènes de bataille.

122. Trois Gardes de sabres en fer, variées de décors et de formes.

123. Garde de sabre en bronze clair avec des parties ajourées. Dans un paysage boisé des bateliers halent leur barque.

124. — en bronze, représentant des feuilles dont les nervures sont de chakoudo.

125 — en bronze chagriné. Le décor représente la vue de la grande digue de la ville d'Yédo ; au revers, une pagode à moitié cachée par des bandes de nuages.

126. Manche de kodzuka en bronze rouge, gravé en relief d'une figure de Bouddha auréolée.

127. — en bronze granulé, incrusté, en relief de bronze et d'or, de la statue d'un gardien de temple.

128. — en chakoudo, gravé des flots de la mer dans lesquels plonge un soleil d'or.

129. — en chakoudo, incrusté en émail, du Foujiyama entouré de nuages à côté d'un bouquet de pins.

130. — en chakoudo granulé, portant en haut relief de bronze et d'or la statue d'un gardien du temple. Le revers mipartie d'or.

131. Quatre Manches de kodzuka en chibuitchi, décorés de personnages familiers.

132. Deux Manches de kodzuka en chakoudo, décorés, soit de deux corbeaux sur un tronc de pin, soit de deux guerriers chinois.

133. Deux — en chakoudo, décorés de poissons ou du mont Fouji.

134. Deux — en chibuitchi ; l'un incrusté en haut relief de coquillages et l'autre offrant en incrustations d'or le sujet légendaire de la Chimère précipitant ses petits du haut d'un rocher.

135. Deux — en chibuitchi, décorés l'un du groupe de deux sages de la Chine et l'autre d'une fleur de pivoine, incrustée en relief.

136. Trois — en chibuitchi, offrant des personnages légendaires.

137. Cinq — en chibuitchi, bronze ou fer, décorés de sujets divers.

NETZUKÉ

138. Netzuké en laque d'or, représentant les deux valves superposées d'une coquille, décorées à l'intérieur de fins paysages.

139. — d'ivoire, représentant une coquille bivalve dont l'extérieur est décoré en laque d'or de divers coquillages et d'une langouste. A l'intérieur, c'est le vol d'une multitude de petits oiseaux au milieu de nuages.

140. — représentant un sage de la Chine à cheval, tenant déplié un rouleau d'écriture.

141. — Personnage accroupi tenant à la main une écuelle;

il a accroché sur un côté de son visage un masque qui lui donne, vu de profil, l'aspect d'un démon.

142. Netzuké d'ivoire représentant un coq picorant au milieu d'une branche touffue de chrysanthèmes.

143. — représentant un montreur de singe. Le petit singe est grimpé sur le dos du personnage pour voler le contenu d'un panier dont il est chargé.

144. — en forme de bouton, orné d'une souple sculpture ajourée et incrusté en métaux divers d'un personnage assis, ayant à sa gauche une grande boîte et à sa droite un masque.

145. — représentant six souris pelotonnées en boule.

146. — représentant le dieu de la longévité portant des attributs accrochés à une branche qu'il porte sur l'épaule; de sa main gauche, il conduit un enfant.

147. — représentant un jeune chien qui mordille la tresse d'une sandale.

148. — représentant un buveur accroupi sur une natte. Signé : MITSUHIRO.

149. — représentant trois coquilles entr'ouvertes, dont chacune laisse voir à l'intérieur des paysages très finement sculptés.

150. — représentant un manzaï, le masque repoussé sur le haut de la tête. Un enfant l'accompagne.

151. — représentant une jeune femme accroupie.

152. — représentant un éléphant entouré d'aveugles et

portant trois autres aveugles sur son dos. Signé : MASSAHIRO.

153. Deux Netzukés d'ivoire en forme de boutons. L'un est incrusté d'un faucon sur perchoir, l'autre ajouré d'un oiseau sous les feuillages.

154. Deux — Personnage attachant un chien. Petit garçon jouant de la flûte à côté d'un daim.

155. Deux — ajourés; l'un, en forme de bouton, représente un enroulement de fleurs avec papillons et l'autre, de modèle rectangulaire, offre un temple à plusieurs pavillons, entouré d'arbres et animé de personnages.

156. Deux — en forme de boutons. Tige de camélia en fleurs. Cigogne sur un pin.

157. Deux — Lapin couché sur des roseaux et fruit de kaki garni de ses feuilles.

158. Deux — Jeune chienne couchée sur une natte et lapin dans les roseaux.

159. Deux — Le dieu Hotei accroupi et personnage endormi sur une meule.

160. Deux — Porteur de fardeau et enfant roulant une grosse boule.

161. Deux — Dieu de la longévité jetant les fèves qui ont la vertu de chasser le diable; la déesse Bentensama suivie d'un lapin.

162. — de bois, représentant une cigale.

163. Deux — de bois : 1° Danseur aux jambes écartées; 2° Personnage accroupi.

164. Deux Netzuké de bois : 1° Groupe de Kanzan et Jittokou dépliant un rouleau d'écriture; 2° personnage assis sur un tronc.

OBJETS DIVERS

165. Deux panneaux donnant un spécimen de tout ce qui se fabriquait dans les ateliers du palais impérial de Péking, à la fin du XVIIe siècle : porcelaine, cloisonné, jade, ivoire, cristal de roche, bronze, laque; chacun de ces panneaux porte une inscription autographe de l'empereur Kien-Long, ornée de ses cachets, l'un de 1788, l'autre de 1789. Haut. 1^m30; Long. 1^m10.

166. Plateau en bois naturel et massif de forme carrée aux angles arrondis et décoré d'une large gravure souple et ferme qui représente une pivoine épanouie.

167. Deux Pièces : 1° Petite Boite en bois foncé, sculptée en bas-reliefs d'animaux chimériques et d'une frise de branchages ; 2° boite façonnée dans un nœud de bambou, le dessus sculpté en bas-reliefs de feuilles de vignes et de grappes.

168. Deux Pièces : 1° Étui tubulaire en bambou, ajouré d'un dessin touffu où se voient des personnages sous des arbres feuillus et animés d'oiseaux ; 2° petite cuillère à thé, taillée dans un morceau de bambou, en forme de feuille de lotus.

169. Deux boites en bambou gravées d'ornements en doux-reliefs teintés brun sur le fond jaune et poli du bambou.

170. Deux Vases lobés en laque brun. — Trois Sébilles. — Deux Statuettes, bois laqué et étoffe, représentant des personnages japonais.

171. Deux très petites tasses en jade vert; socles en bois ajouré.

172. Deux écrans à main sur bois ou sur soie, ornés de peintures à personnages.

MEUBLES

173. Grand écran en bois sculpté, composé d'un panneau central et de deux panneaux latéraux moins élevés et de moindre largeur, qui s'y rattachent à angle obtus et sont soutenus sur le côté par des contreforts ornés de rinceaux en relief. Les trois panneaux sont décorés, sur un fond laqué bleu ardoise, de grands pins et de rochers entourés de végétation, en bois de fer sculpté en relief très saillant et de sept grues volantes ou perchées, en ivoire sculpté et teinté aux couleurs naturelles. L'écran est couronné dans toute sa largeur d'une galerie ajourée de rinceaux et fleurs ornementales; au-dessous de chacun des grands panneaux, est placé un panneau plus petit décoré de rosaces et rinceaux sculptés en bas-relief. Le tout est supporté par un soubassement composé d'une base élargie, ornée de godrons et d'un stylobate décoré de petits panneaux en relief. Haut. 2m51; Larg. du grand panneau 1m15; Larg. du petit panneau 0m65.

174. Paravent de trois feuilles à bordure massive, en bois dur profondément sculpté; le corps des trois feuilles incrusté en relief de jade, d'autres pierres dures et d'ivoire. Ce paravent a été reproduit par les Arts Décoratifs dans leur recueil relatif à l'Exposition du bois et du papier en 1882. Haut. 2m; Long. 3m.

175. Grand paravent composé de quatre panneaux en soie rose, richement brodée d'oiseaux aux somptueux plumages. Chaque panneau est monté en un encadrement

de bois massif sculpté à jour d'entrelacs de rinceaux, couronnés par un motif de personnages. Haut. 1m91.

176. Ecran rectangulaire en cloisonné à fond bleu clair, décoré en émaux polychromes, d'objets et d'attributs divers, parmi lesquels un grand vase fleuri, une jardinière et des accessoires symboliques. Encadrement en bois sculpté à jour et incrusté de plaques de jade et cloisonnées. Le tout s'emmanche dans une monture en bois massif sculpté à jour. Haut. 0m85; Larg. 0m75.

177. Grand guéridon dont le dessus est formé d'une plaque circulaire en émaux cloisonnés de fond bleu turquoise, décoré d'oiseaux se jouant dans les fleurs. Ce plateau se complète par un encadremeet en bois massif, sculpté en relief et enrichi d'une galerie ajourée. Le pied est formé d'une colonne de forme balustre, élevée sur une base aplatie qui est supportée par quatre volutes. Haut. 0m81.

178. Etagère en bois naturel à compartiments; tiroirs et portes à sculptures et à galeries ajourées. Haut. 1m70; Larg. 0m82.

179. Meuble étagère, bois naturel, sculpté et ajouré de dragons, oiseaux de Hô, pivoines. Le corps de l'étagère est à fleurettes et brindilles sculptées. Haut. 0m68; Larg. 0m57.

180. Meuble à deux corps, bois noir, se composant d'une étagère à compartiments sur base à portes pleines, sculptées de pins et bambous. Le tout: haut. 2m28; Larg. 0m99.

181. Deux Tabourets en bois brun sculpté, à galeries ajourées. Le dessus est garni en fin bambou tressé, encadré par une incrustation d'ivoire blanc et teinté. Haut. 0m46; Larg. 0m49 sur 0m41.

182. Table ronde, bois noir sculpté, supportée par trois pieds. Sous le bord inférieur du plateau, plateau orné d'une galerie ajourée. Haut. 0m73 : Diamètre du plateau 0m62.

ÉTOFFES

183. Grande Tenture brodée, sur drap rouge, en soie de couleurs variées. Le décor offre la ramification de feuillages stylisés, portant des fleurs épanouies et s'encadre dans une double bordure à rinceaux ou à bâtons rompus. 5m40 sur 4m15.

184. Tentures en soie rose, brochée d'un dessin de fleurs. Elles sont accompagnées de deux embrasses de même étoffe.

185. Deux Écharpes de soie brodée et quatre accessoires brodés au petit point, dont trois gaînes et un revers de miroir.

186. Ancien et important Tapis du Thibet à fond rouge, décoré d'un semis d'ordre ornemental qui représente en dessins stylisés des fleurs et des papillons, ayant pour centre un médaillon bleu et rouge à décor de rinceaux. Le tout s'encadre d'une triple bordure rouge et bleue à dessins géométriques. 3m sur 3m20.

PEINTURES

187. Important Kakémono représentant le *Mandara* ou *Olympe* bouddhique du Japon. Grande composition comprenant dans un travail précieux de miniature des centaines de personnages au milieu d'architectures somptueuses. Cette composition s'encadre de vignettes qui représentent les différents épisodes de la vie de Çakya-Mouni.

188. Grand album, relié en soie japonaise et contenant douze peintures chinoises, exécutées par divers artistes et accompagnées d'une introduction en langue chinoise.

189. Album contenant 30 aquarelles japonaises. Belle reliure avec coins en bronze finement ajouré.

190. Trois albums, contenant cinquante-quatre aquarelles, par divers artistes japonais.

191. Quatre albums d'esquisses japonaises à l'aquarelle ou à l'encre de Chine.

192. Vingt pages d'aquarelles japonaises sur crêpe. Motifs d'oiseaux et de fleurs.

193. Huit panneaux de fleurs et oiseaux. Fines peintures japonaises sur gaze de soie.

194. Trois carrés de crêpe peints et brodés, représentant des poissons pris dans un filet, un paysage d'hiver ou un arbre en fleurs, éclairé par la lune.

195. Grand makiémono, représentant en peinture à l'aquarelle des scènes de diablerie.

196. Vingt-neuf kakémono différents, de travail japonais ou chinois. *(Ce lot sera divisé.)*

LIVRES IMPRIMÉS

197. Quatre volumes chinois, contenant des scènes gravées sur bois. Deux de ces volumes représentent les rues de Péking, animées de fêtes au milieu d'une nombreuse population.

198. Hok'saï Mangoua. Ouvrage complet en quatorze vo umes avec annotations françaises et accompagnées de la traduction des préfaces de dix de ces volumes.

199. Vingt-six volumes illustrés divers. (*Ce lot sera divisé.*)

200. *Illustrations of China and its people*, par J. Thomson, Londres 1873 ; Quatre volumes in-folio, reliés, contenant 200 planches photographiques représentant des sites de la Chine et les types des diverses classes ce la population.

201. Objets non catalogués.

IMPRIMERIE MAULDE, DOUMENC ET Cie

144, RUE DE RIVOLI, — PARIS

www.ingramcontent.com/pod-product-compliance
Ingram Content Group UK Ltd.
Pitfield, Milton Keynes, MK11 3LW, UK
UKHW020221180726
13838UKWH00005B/2119

9 782329 378602